기획의 말

그리운 마음일 때 'I Miss You'라고 하는 것은 '내게서 당신이 빠져 있기(miss) 때문에 나는 충분한 존재가 될 수 없다'는 뜻이라는 게 소설가 쓰시마 유코의 아름다운 해석이다. 현재의 세계에는 틀림없이 결여가 있어서 우리는 언제나 무언가를 그리워한다. 한때 우리를 벅차게 했으나 이제는 읽을 수 없게 된 옛날의 시집을 되살리는 작업 또한 그 그리움의 일이다. 어떤 시집이 빠져 있는 한, 우리의 시는 충분해질 수 없다.

더 나아가 옛 시집을 복간하는 일은 한국 시문학사의 역동성이 드러나는 장을 여는 일이 될 수도 있다. 하나의 새로운 예술작품이 창조될 때 일어나는 일은 과거에 있었던 모든 예술작품에도 동시에 일어난다는 것이 시인 엘리엇의 오래된 말이다. 과거가 이룩해놓은 질서는 현재의 성취에 영향받아 다시 배치된다는 것이다. 우리는 현재의 빛에 의지해 어떤 과거를 선택할 것인가. 그렇게 시사(詩史)는 되돌아보며 전진한다.

이 일들을 문학동네는 이미 한 적이 있다. 1996년 11월 황동규, 마종기, 강은교의 청년기 시집들을 복간하며 '포에지 2000' 시리즈가 시작됐다. "생이 덧없고 힘겨울 때 이따금 가슴으로 암송했던 시들, 이미 절판되어 오래된 명성으로만 만날 수 있었던 시들, 동시대를 대표하는 시인들의 젊은 날의 아름다운 연가(戀歌)가 여기 되살아납니다." 당시로서는 드물고 귀했던 그 일을 우리는 이제 다시 시작해보려 한다.

기획의 말

그리운 마음일 때 'I Miss You'라고 하는 것은 '내게서 당신이 빠져 있기(miss) 때문에 나는 충분한 존재가 될 수 없다'는 뜻이라는 게 소설가 쓰시마 유코의 아름다운 해석이다. 현재의 세계에는 틀림없이 결여가 있어서 우리는 언제나 무언가를 그리워한다. 한때 우리를 미치게 했으나 이제는 읽을 수 없게 된 옛날의 시집을 되살리는 작업 또한 그 그리움의 일이다. 어떤 시집이 빠져 있는 한, 우리의 시는 충분해질 수 없다.

더 나아가 옛 시집을 복간하는 일은 한국 시문학사의 역동성이 드러나는 장을 여는 일이 될 수도 있다. 하나의 새로운 예술작품이 창조될 때 일어나는 일은 과거에 있었던 모든 예술작품에도 동시에 일어난다는 것이 시인 엘리엇의 오래된 말이다. 과거가 이룩해놓은 질서는 현재의 성취에 영향받아 다시 배치된다는 것이다. 우리는 현재의 빛에 의지해 어떤 과거를 선택할 것인가. 그렇게 시사(詩史)는 되풀이되며 전진한다.

이 일들을 문학동네는 이미 한 적이 있다. 1996년 11월 황동규, 마종기, 강은교의 첫 시집들을 복간하며 '포에지 2000' 시리즈가 시작됐다. "생이 덧없고 허기질 때 이따금 가슴으로 암송했던 시들, 이미 절판되어 오래된 명성으로만 만날 수 있었던 시들, 동시대를 대표하는 시인들의 젊은 날의 아름다운 연가(戀歌)가 여기 되살아납니다." 당시로서는 드물고 귀했던 그 일을 우리는 이제 다시 시작해보려 한다.

너의 반은 꽃이다

문학동네포에지 038

박지웅 시집

너의
반은
꽃이다

초판 시인의 말

'마당 깊은 집'이 있었다. 외할머니가 대청마루에 앉아 곰방대로 하루 여든 대의 담배를 태우시던 곳. 어머니가 처마에서 받은 빗물로 빨래를 하고 이웃과 몇백 포기의 김장을 담그던 곳. 집 뒤뜰에는 크고 작은 수십 개의 장독이 있었는데, 가끔 소금 심부름을 할라치면 소금독을 찾기가 쉽지 않았다. 나는 간장독이나 젓갈독, 김칫독을 들쑤신 다음에야 플라스틱 바가지에 소금을 퍼 갈 수 있었다. 큰 빈 독은 어린 나에게 놀이터였고 신나는 나라의 입구였다. 나는 또 뒤뜰 감나무를 타고 자주 지붕 위로 올라갔다. 어느 해 늦은 봄, 그 기와지붕에 올라앉아 마당 한가운데에 선 라일락을 본 적이 있다. 그때 생각했다. 나무와 결혼할 수 있다면, 나는 라일락과 하겠노라고. 옛집 지붕에서 마주본 라일락은 면사포를 쓴 오월의 신부였다.

그곳을 떠난 지 스무 해 가까운 세월이 지나, 어머니는 다시 그 집으로 들어갔다. 그 집은 동래구청 앞에 몇 남지 않은 한옥이다. 생각하건대, 도시에서 나고 자란 나는 생태적 미숙아다. 그런 나에게 저 동래 옛집은 분명, 한 줌 흙이다. 옛 생각에 잠겨 부산으로 향하는 내내 행복했다. 자정이 훨씬 넘어 들어서는 옛집, 대문은 반쯤 열려 있었다. 부엌방에 불이 켜져 있었다. 어머니는 마치 한 번도 그 방을 떠난 적 없는 사람처럼 살고 있었다. 부엌방에는 제법 큰 다락방이 딸려 있는데, 그곳에서 나는 문청 시절을 보냈다. 다락에서 고양이와 잠들고, 전혜린을 읽었다. 담배를 뻑뻑 피워대며 글을 쓰고, 사랑을 했다. 큰방에 들어서니, 경대 위에 아버지가 계시다. 바깥세상을 떠도는 사이에 우리는 아버지를 잃었다. 고양이를 잃고, 사랑을 놓았다. 구석구석 돌아보니 집도 꽤 늙고 변했다. 대문 옆에는 공동화장실이 생겼고, 대문은 등꽃 대신 녹슨 쇠창살을 머리에 쓰고 있다. 라일락이 있던 자리는 할머니 한 분이 사는 단칸방이 되었다. 수줍던 내 오월의 신부는 할머니가 되어 있었다.

살아가다 문득, 도시 바닥에 암매장된 '흙'을 본다. 도시의 나무들은 흙에 뿌리를 내렸다기보다는 그 위에 꽂혀 있다. 우리가 봉쇄한 땅에서 저 나무들은 살아간다. 도시 속에 마련된 녹지는 마치 인디언 보호구역을 연상케 한다. 아마도 저 나무는 나의 다른 이름이고, 저 인디언 구역은 우리 문명의 유배지일 것이다. 나에게 진정 '흙'이었던 것들이 있었다면, 저 동래 옛집과 라일락과 사람/가족이다. (또 있다. 옛집 근처에서 이모가 하던 흙다방과 그 동네에서 제일 예쁜 레지들. 그 흙들은 지금 어디로 갔을까.) 바꾸어 말하면, 라일락에게는, 우리가 실종된 셈이다. 사람이 먼저 흙의 성분을 버리고 물질로 변질했다. 우리가 변절했다. 나는, 나무가 방이 된 것을 탓하는 것이 아니다. 빌딩 안에서 나무를 기르는, 인간이 세계의 중심이 된 이 사태를 생각하는 것이다. 나

또한 거들었던 일이다. 그것은 자연과 사람의 공존이 아니라 일방적인 사육이다. 언제부터인가 나는 물질문명과 공범이 되어 있었다. 그것이 나의 내상이다. 여기에 실린 내 시의 일부는 내가 암묵적으로 동의하고 유기한 것들에 대한 일종의 반성문이며, 여러 번의 각서이다.

동래 옛집을 떠나 서울로 돌아온다. 서울은 나에게 있어 문명의 대명사처럼 쓰인다. 이 거대 도시에서 살아가면서 내가 가진 생태적 삶은 흙 한줌뿐이다. 문명의 눈들을 찾아내 거기 뿌릴까. 아니다. 쓰고 보니 공포탄이다. 그냥 각서에 싸서 지니고 살아야겠다. 그리하여 나는 대신 이 문명이 쓰고 버린 것에 주목한다. 문명의 고아들과 속도가 긁고 간 상처와 깨어진 계절과 거대 도시의 톱니바퀴에 으깨진 아버지로서 고발/응전한 것이 이 시편들이랄 수 있다. 도시의 생활쓰레기가 된, 버림받은 것, 잡으면 녹는 것, 으깨어진 것들은 오히려 힘이 좋다. 그것이 이 시대의 '불편한 진실'이기 때문이다.

나는 바란다. 이 시들이 내가 잃어버린 것과 앞으로 다가올 미래와의 작은 소통이기를. 그리하여 미래를 향해 띄우는 이 서툰 질문을 통해, 더 나은 삶으로 나아가기를. 내가 해로운 바이러스가 아니라 흙을 회복시키는 뿌리혹박테리아 같은 발효균의 삶을 살기를. 그리고 또 바란다. 어느 먼 훗날, 기와지붕에 앉아 흰분홍빛 면사포를 쓴 그 오월의 신부를 다시 만날 수 있기를.

2007년 12월
박지웅

개정판 시인의 말

옛 시에 찍힌 마침표를 뺐다
수북하게 나왔다

개정판 판형에 맞추어 일부 작품의 행과 연을 바꾸었고
졸시 「다시는 희망과 동침하지 않는다」는 초판에 남기로 했다

그밖에 착한 놈, 나쁜 놈, 이상한 놈 들은
모자란 대로 생긴 대로 초판 원고를 살려 실었다

첫 시집 복간이라는 오랜 꿈을 이루어준
문학동네에 깊은 고마움을 전한다

첫째가 돌아왔다, 만세!

2021년 11월
박지웅

차례

3부

1부

종이호랑이

오래 누워 자꾸 얇아지더니 아비는 종이호랑이가 되었다. 찢으면 찢기고 접으면 접히는 종잇조각이 되었다. 콧속으로 호스를 밀어넣을 때 물고기처럼 퍼덕거리던 당신, 홍대 지하철 통로에 걸린 호랑이 민화처럼 하루종일 입을 벌리고 있었다. 긁어내지 않으면 미칠 것 같은 당신의 입이 걸려 있는, 지하철역 통로에서 나는 종이가 된 당신의 입을 만져보았다. 오늘은 또 발이 죽었다 한다. 당신이 당신을 하나씩 보내는 동안, 나는 지하 골방에서 접었다 폈다 당신을 추억하였다, 나는 멀리 서울에 있었다.

발목

발목은 자란다 길 끝에서 잘라 버린 것은
어느 날엔가 돌아오는 것이다
생시보다 더 생시 같은 헛것의 힘으로
내 앞에 부들거리며 서는 것이다
넘보아선 안 될 떨어져도 갔어야 할 그 길에
나는 한 묶음 붉은 발목을 버렸다
그후 나는 어지러운 슬픔을 안고
수십 갈래의 길들을 떠돌았으니
돌아서서 저녁 짓는 아낙같이
생은 나와 눈 맞추는 일이 드물었다
발목은 자란다 길 끝에서 잘라 버린 것은
어느 날엔가 돌아오는 것이다
오래된 슬픔이 건장한 청년으로 자라듯
느리고 느린 속도로 녹두같이 선명한 생명으로
다가오는 것이다 숨을 멈추지만 나는 들킨다
그것은 결코 헛것이 아니었음으로
가던 길을 멈추고 나는 휘청거린다
발목 젖힌 채 걸어오는 저 서늘한 청년의,
기필코 그 주인을 찾아오는 내 혈육의
뼈, 그 저린 곳을 더듬으며
나는 뼈저린 고백을 하는 것이다
버린 생이란 이렇게 눈감아도 보이고
그 그림자, 다시, 내 앞에 부들거리며 서는 것이다

바람이 문을 열고 나에게 말하네

어느 날,
바람이 문을 열고 나에게 말하네

티베트 산자락을 넘을 때
수레에 실려가는 한 구의 시신을 만났다네

한 떼의 사람들이 수레를 끌고
그 비탈을 꽃과 야크들이 따랐다 하네

산 자와 죽은 자가
함께, 조장터로 모였다 하네
죽음으로 죽지 않고
주검이 산 힘을 빌려 그 비탈에 오르면
그는 거적을 걷고 일어나
새들 속으로 사라진다 하네

새들은 그 영혼 물고
푸른 사원으로 날아간다 하네
부리로 그 이름 물어 깊은 하늘에
그 이름을 버린다 하네

물의 처음

물이 꽉 잠기지 않는다
물독 받쳐놓고 자리에 든다

불 끄고 길게 누웠더니
물방울이 말을 하고 있다
제 이름 밝히는 데
오래 걸린다
저 멀고 깊은 생애 알아듣는 데
오래 걸린다

물이 머금고 있던 말
저 더딘 발음에 물든다
한 자 또 한 자 움트는
한 모금 또 한 모금
입 밖으로 떨어지는
고요한 끝
눈부신 끝

불 끄고 누워
나는 물의 맨 처음이다

흙들에게

집과 집 사이가 자연스럽게 골목으로 남은 답십리, 사람과 사람 사이에 나는 이런 길을 걸으며 살았다 비탈에 서면 날개 접은 꿈들이 고이 잠든 슬레이트, 아이들이 잃은 정구공과 참새의 주검, 흑갈색으로 말라붙은 저 흙들에게 남은 운명이 있다면, 비와 바람의 몫이다

불 꺼진 마음 그래도 껴안고 살아온 나는, 누옥의 지붕 아래 보낸 사랑을 이제 보낸다 우리 사이에 죽어갈 것이 남아 있다면 그것은 사랑이겠지만 우리에게 남은 운명이 있다면 그것은 비와 바람의 몫이다 사람과 사람 사이가 자연스럽게 길이 되고 나는 그 사이를 걸어간다

비탈길에 서면 집들의 슬레이트가 보인다
나는 손가락을 벽에 대고 묵묵히 골목을 내려간다

내 심장을 쓰다

그 방은 막장으로 이어져 있다
오래전 내 몸에 매몰된 방
아비 이불에 덮여 입 벌리고 죽어 있던 방
그뒤로 문을 잠갔지만
어미는 가끔 그 방으로 들어갔다
검은 거울 하나 거실에 서 있다가
어미를 따라 방으로 들어가곤 했다
나는 아비의 입속으로 뛰어든다
이리저리 부딪치며 달리는 막장
천장에서 후득후득, 아버지 떨어져내린다
누이의 귀와 막내의 발가락이
내 심장이 시작된 곳
가족의 몸통이 석탄 덩이처럼 한데 묻힌 곳
그는 입을 벌리고 내 심장에 서 있다

몸에 새기다

여자는 오동나무에 잉어를 즐겨 팠다 한 손으로 오동나무의 입을 틀어막고 생살을 깎고 긁어 나무 속에 묻혀 있던 물과 모양들을 불러내었다 오동나무는 비명 한 번 없이 여자의 칼을 받았다 칼로 오동나무를 길들이고 칼로 버렸다 물소리 한번 없이 물을 붓고 나무에서 잉어를 건져올렸다 여자는 백 번 목을 쳐본 망나니거나 백 마리 새끼를 쳐낸 갸륵한 짐승, 그렇게 잉어를 안고 오동나무는 여자를 떠났다 여자에게서 배달된 후 목판은 내 잠결을 떠다녔다 목판을 건지려 했으나 이미 물과 한몸이었다 수천으로 뿌리내린 무거운 오동나무로 자라 있었다 나는 오동나무에 덮인 채 내 속을 떠다녔다 내장부터 나무와 맞물린 채 나는, 내 속에 매장되어 있었다

물소리 한번 내지 않고 떠난, 여자

지금 말하세요

오래전 이야기 하나 할까
통도사 냇가에 들어간 여자 이야기
산문에서 만난 빗발 짱짱한 어느 여름날
그 여자 바짓가랑이 걷고
흐르는 물 가운데에 서서 말했네
잘못한 것 있으면 지금 말하세요
여기서는 다 용서해줄게요
나 아무 말도 하지 못했네
한때 우리 의좋은 오누이였다가
잠깐 넘치는 냇물처럼 사랑하게 되었지
골짜기보다 깊은, 벗어놓은 옷
참 이상하지, 여자는 물을 열고 나갔건만
나 살다가 가죽처럼 그 물을 펴보게 돼
냇물에 슬쩍 흘렸다면
내 고백과 물이 절경을 이루었을 그날
나 물을 읽지 못했으니
비가 서슬같이 내리는 어느 날
본다, 바깥에 서 있는 저 오래된 문

후회

끝을 돌려놓아도 돌아본다

나침반 바늘처럼 흔들흔들 돌아보는 저 뾰족한 눈

죄와 벌

칼날을 그린다
직선 밑에 곡선을 그으니
금세 칼날 하나 생긴다

손잡이 그리는데
불쑥,
마음이 칼을 든다
그리던 손 멈춘다

마음이 좀체 칼을 놓지 않는다
마음이 무겁다

손이 지은 죄
마음이 받는 벌

검은 달

이제 누가 초 하나 들고 들어와 내 안을 밝힐까
찬 공기 들고나는 저 깊고
어두운 굴은 나의 등과 이어져
수맥의 땅처럼, 몸 누이면
내 다물지 못한 등, 찬물이 흘러드네
밤마다 물속을 뒤척이는 꿈
이제 누가 뿌리내려 꿈에서 나를 건져낼까
등 붙일 곳 없는 꿈들이 떠도는 새벽
내게 등 보이며 돌아서는 너는 누구인가

대관령 옛길

저 아흔아홉 재 살아 넘으면
삼대 갈고 남을 푸른 땅 있어
까치발로 넘겨보던 첩첩 하늘
바다 끌어올리며 잠자리 뒤척이던 사내는
그길로 움막 나서 바다와 가약을 맺었다

이 영(嶺)에 처음 길을 낸 것은 웅시다
서에서 출발한 도보 아흔아홉 바다 가는
대관령 옛길 접어들어 생각건대
걷는다는 것은 길로 발을 씻는 것이다
오래 걷다보면 누구나 정갈해지는 길
먼저 발이 맑게 길들고
내 안에 주단처럼 깔리는 웅시

새 도로가 나고 대관령 옛길은 나른하다
한시도 떨어지지 않던 질주가 잦아들고
길 모르는 차들 들어와 머뭇머뭇 나가는
지금 대관령 옛길은 도로에서 길로 돌아가는
한적한 공사가 한창이다

물과 부리로 아침내 쓰다듬은 울음
제 짝 앞에 찰랑거리는 곤줄박이의 저 맑은, 흥분
아까시나무 단단한 녹음 끝에 흰 꽃 켜면
수줍은 열아홉 고백처럼 청설모 하나

보여줬다, 뒤로 숨기는
명자나무의 몹시 아름다운 한때
이 영에 처음 길을 낸 것은, 가약이었다

농막에서의 하룻밤

동강 문산리 콩밭 매는 친구 집에 들렀습니다 몇 채 옹기종기 모여 두레농 하는 곳입니다 맛과 소리와 색깔이 모두 촘촘한 곳입니다 슬쩍 빠져나온 술자리, 섬돌에 누운 누렁이를 쓰다듬고 개울에 나가봅니다 친구들의 술자리가 멀어지니 다 물소리로 들립니다 뒤를 밟는 물소리, 한참을 따라오더니 다시 개울로 돌아갑니다 이렁저렁 나무를 타고 모인 칡넝쿨들 한판 술자리 끝났는지 여기저기 불그레한 칡꽃을 토해놓았습니다

돌다리 건너 농막들을 천천히 둘러봅니다 내가 돌아보면 어둠도 돌아보고 내가 걸으면 어둠도 움직입니다 개 짖는 소리에 먼 데 개들이 따라 짖습니다 다시 돌아온 농막, 담장에 꽃 무더기가 환합니다 도둑 걸음으로 다가가 꽃을 만지려는데 컹— 하고 꽃이 짖습니다 놀란 몸을 펴는데 온 동네 꽃들이 다 짖습니다 밤하늘, 별들이 온통 두근거립니다

난초무늬대자리항아리

그해 장마 전 항아리 몇이 정리되었다
사람 하나 들어 간신히 움직이던 틈이 열리고
뚜껑 잃은 대자리항아리 토담 아래 들이붓자
빗물의 오장육부가 비릿하게 쏟아져나왔다
받은 빗물 위에 풍경을 재던 항아리
감꽃 안고 독 속으로 뛰어들던 풍경을 쏟으며
그는 말이 없었다 독을 들어내면 흙에도
뼈가 나 있어 그 위에 날개를 키우던 귀뚜라미들
이런 소리로 뿌리내린 항아리 한둘이 아니었다
빈 항아리는 옆으로 눕혀져 통째로 깨어지고
잘게 부술 때마다 생니를 툭, 툭 뱉어내었다
가는 길도 보내는 길도 이 악물고 서로 길 내어주던
풍경이 버려진 풍경을 거두며 깊어지던 생의 뒤뜰
나는 집의 뒤가 자꾸 가라앉는 것 같았다
한 여자, 독방으로 지내던 그 속
우우— 소리 넣으면 밑동에서 손을 뻗던 육성
가슴속도 가슴 밖도 벼랑만 남은
난초무늬대자리항아리

나는
잡고 있던 항아리를 놓고 그 시대에서 멀어졌다

낡은 집 유령거미

새는 쪽박도 이보다 나을 거예요 집안이 온통 금이에요, 비 그치면 방수해요 비 그치면…… 어머니, 식구 모두 천장에 올라가요, 올라가서 벽을 따라 엉금엉금 내려와봐요 발이 여덟 개나 되는 우린 누구보다 잘 기잖아요 똥줄이 빠지도록 어렵게 마련한 거처, 천막처럼 쉽게 걷을 수는 없잖아요 다짐해요 지붕에 올라가면 새는 쪽박을 들고 거기 누가 서 있을 거예요 우리 힘을 모아 그를 먹어버려요 어머니 아까부터 거울에 앉아 그 짓이에요? 얼굴이 물먹은 벽지처럼 일어났어요, 말했지요? 그렇게 웃으시면 무서워요, 이빨을, 가리셔야죠. 벽지를 타고 액자까지 물이 번졌어요, 젖어 흐르는 아이새도…… 나를 정면으로 바라보며 우는 집이 있어요. 뒤로 관장약을 밀어넣으며 자꾸 실없이 웃는 아버지, "실이 잘 나오질 않는구나" 몸에 맞지 않는 살, 밑으로 늘어진 뒤를 걷어잡고 화장실로 가는 유령거미, 이제 뒤로도 가르치시고

훨훨 웃으시는 어머니, 이빨을……

와랑치

그는 와랑치에 가지 마라 일렀다
달 차는 보름 바위에 올라앉아 와랑와랑 우는 바다

바윗골로 들어선 물길 힘 다해 열까 하면 무너져
한번 빠지면 누구도 살아나지 못한다는 와랑치

살다 살다 서러운 이들 바위에 숨어 울어
물때 없는 날에도 유독 와랑치는 누그러들지 않았다

어쩌다 사람들 와랑치를 들춰내는 날에는 밀려가는
밀려오는 이야기에 누구도 그 물살 헤쳐날 수 없었다

사는 게 저 여울목 같다던 헛골댁, 마음 감는 물소리
그리 못 견디더니 그 바위에 올라앉아 와랑와랑 울더니
몸마다 마음마다 매달린 퍼런 잎 똑똑 떼며 마을을 떠났다지

아침이 돼서야 넋 나간 얼굴로 돌아가면
그는 와랑치에 가지 마라 일렀다

가슴 쓸며 돌아보면 마을 향해 턱 대고 있는 와랑치
밤이면 몰래 들어와 내 곁에 누워 울던 와랑치

아버지를 섬에 심고

이 복도는 하루 두 번 물길을 연다
식사 때를 맞춰, 면회! 하면 복도에 물이 빠지고
푸른 가운으로 갈아입은 면회자는
입 가리고 줄 맞춰 자신들의 식물을 찾아간다
보세요, 어머니 물이 빠지고 있어요
나는 아버지가 사는 섬으로 간다
식물의 섬으로 이어지는 복도는 닳아 있다
섬 식물들은 저마다 이름표가 있다
둘러보면 빈 병상만 누운 곳도 있는데
식물이 없어졌다고 싸늘히 놀랄 일도 아니다
병원 뒤편에 가면 거기 옮겨진 것을 안다
면회! 하면 그저 감사하게 가운을 갈아입고
길을 나설 뿐이다 사람이 다녀 하얗게 센 길
병 깊은 지아비 보낼 수 없어 놓을 수 없어
날마다 따라나선 어머니가 만든 길
목이며 어깨서 자란 가지를 붙들고 나는
아버지, 아버지, 흔들어보다 식물의 섬을 나온다
일흔 넘어 식물로 자라는 아버지
그 밑에 들어가
물이 되고 밥이 되었다가 나오는, 어머니

박동

헌 이 가져가고 새 이 주세요 해야지 아이야 그만 눈물 뚝 그치고 저 지붕 위로 달 조각 같은 이를 던지렴 그래 숫자를 빠뜨리고 센 건 미안하구나 뼈가 빠지는 고통을 안단다 아이야 그만 들썩거리고 헌 이 가져가고 새 이 주세요 해야지 돌돌 검지로 흰 면실 말아 쥐면 먼 옛날 내 아비 떨리던 박동이 실 끝에 몰려오고 네 아비의 아비와 그 아비의 아비들 모두 그 실을 잡고 있었단다 구멍난 피리처럼 울고 있지만 아이야 저 달이 두 번 차면 네 잇몸에 하얗게 새로운 자음이 올라올 거야 기역 니은 디귿 리을 자 따라 해보렴 그래 그렇게 피맺힌 몸으로 연습하다 보면 반짝반짝 까치가 새 이 물고 올 거야 젖은 눈, 젖은 손, 젖은 마음 저 지붕 위에 던지고 아이야 박꽃같이 웃다보면 빠지고, 깨어지고, 떨어지고, 스쳐간 곳에 더 단단한 마음이 올라올 거야

노을

산 위에서
피 묻은 손을 닦는구나
오늘은
또 어느 사람의 가슴에서
사랑을 들어냈느냐

너의 반은 꽃이다

몸이 북쪽을 보고 잠든다
저 북쪽은 예부터 귀신 다니는 길
가위눌림이었다 벽에 얼굴 넣고
내내 깨어 있었다, 그때
반은 묻혔고 반은 꿈틀거렸다
반은 누워 있고 반은 쓰러져 있었다
벽에 갇힌 저 몸이 궁금하다
몸에 세운 저 벽이 난감하다
벽에 손을 넣어본다
쓰러져 있는 그 손을 잡는다
맞쥔 저 두 손의 반은 안개였고
반은 허방을 짚는 수척한 뿌리였다
깨어나 익숙한 쪽으로 돌아눕는다
편하다, 몸이 풀밭처럼 편하다
하나 반쪽의 안착은 어딘가 불안하다
몸이 한쪽으로 쏠린다
가위눌림보다 독한 눌림, 몸의 편차
몸이 벽 너머 몸에게 말을 건다
너의 반은 꽃이다
너의 반은 귀신이다
그러면 편히 잠들라, 그리운 쪽이여

2부

사회적 식사

갈비를 뜯다 문득 생각한다
나는 매일 동료와 어울려
이 식탁을 잡으러 다녔는지 모른다
영양같이 뛰어다니는 식탁을 위해
우리는 짐승의 힘으로 모였는지 모른다
식탁 머리맡에서 우두머리가 먹고
나와 동료는 식탁을 둘러싸고 앉았다
식탁의 등을 파먹다, 오호라!
대장이 숨통을 물어 끊을 때
나는 뒷다리에 힘을 주고 이리저리
식탁의 관절을 끊느라 무척 애썼다
참 육질이 좋다 참, 좋구나
여리고 부드러운 살, 먹는다, 씹는다
어금니에서 자꾸 삐져나오는 만족의 힘이여
뼈만 남은 식탁에 발을 얹고 웃는 힘이여
식사가 끝나면 발톱을 닦고 이빨을 고르는
맹수의 솜씨를 가진 멋진 동료여
여럿이 있으면 우리는 왜 짐승이 되는가

청진동 골목에 자반고등어처럼 누워 있기

청진동 해장국 골목에 죽은 척하고 누워 있다
고분고분하니 지나는 놈마다 개떡같이 주무른다
이리 뒤집히고 저리 뒤집히는 몸이, 캄캄하다
아, 사내는 천천히 뒤처져 그들을 잃어버리고 홀로 주점에 앉았었지
자반고등어를 뒤적거리며, 내일은 서둘러 여자를 찾아봐야지
그것이 가장 빨리 서울을 사랑하는 길이라고
생각에 국물이 날 때까지 오래오래 씹었지
사내는 내일 여자에게 잔소리를 늘어놓으며 종로를 걸을 것이다
꽁초를 버리고 침도 뱉으며 이 거리에 익숙해질 것이다
낯선 곳에서 그를 지킨 것은 두려움, 정말 두려움이 그를 살렸지
두려움이 호기심으로 바뀌는 날, 한 번은 다치겠지만
그런 날에는 무언가에 부딪친 날에는
투덜대며 불쾌하다고 불쾌한 시를 쓰면 된다
사람들 틈에서 자리 옮기며 걷는 것이 무참하다고 쓰면 된다
내일은 아침부터 서둘러 여자를 찾아봐야지
청진동 골목에 오늘까지만 자반고등어처럼 누워 있기
맨살에 붙는 별이, 차갑다

문어

냄비가 끓어오르자 거기 문어가 들어간다
순간, 문어발이 죽을힘을 다해 냄비를 붙든다
냄비 밖으로 나오는 얼굴을 집게로 누른다
잠시 냄비 밑으로 가라앉는 얼굴
문어발 몇이 척척, 집게를 감더니
저를 찌르는 죽음, 흡반으로 힘껏 빨아들이고 있다
죽음을 받아들이는, 저 맹렬한 시작
문어가 비로소 죽음에 첫 발자국을 찍고 있다
퍼렇게 질린 파들이 떠다니는 국물 속에서
문어가 마지막으로 얼굴을 든다
앞이 보이지 않아도 훤히 보이는 깊은 바다의 물길
문어가 몸의 방향을 튼다 지푸라기처럼 잡은 것들 놓고
발들을 몸통으로 천천히 거두어들인다
문어는 하얗게 익어가는 발을 가슴에 얹는다
물 위에 뛰던 가느다란 맥박이 멈춘다
문어가 가진 뼈다귀라고는 저 물살의 기억뿐
사부작사부작, 잘려나가는 저 속살에 배어 있는 것
주인이 문어 대가리를 가위로 건져내 자르자
먹물이 터지며 앞이 먹먹해진다, 냄비가 검은 구멍이다
사람들이 숟가락을 들어 검은 물의 무덤에 넣는다

독살

들리는 말에 의하면
그는 거의 굶다시피 겨울을 났다 한다
그리고 짧은 메모
저 남은 초록으로는 며칠 넘기기 어려울 것이다
그의 몸에선 죽은 뒤에도 술내가 났다 한다
그에게 길든 짐승처럼 술이 시신을 지키고 있었으니
배를 따보나마나 사인은 뻔한 일이었다
그가 몸을 물처럼 낭비할 때
너무 이른 나이에 짐을 싸고 있다고 우려했던
그 일이 일어난 것은 수요일
봄이 거의 다 된 그냥 평범한 오후
그러나 함부로 산 것 같지는 않았다
그는 밤을 조심하여 하모니카를 불었으므로
울먹울먹 서툴게 창을 넘어오던
그것은 '고향의 봄'이었으므로
그의 연주에 TV를 낮춘 일도 있었으므로
수요일 밤 나는 기록한다
그것이 다는 아니었을 것이다, 병을 비우듯 그가
몸을 비웠던 수요일 오후
그 죽음에 타당한 제목 하나 드는 일 큰 허물이 아니라면.
그곳에 있는 것들은 대부분 말라 있었다 한다
부엌 바닥에 아무렇게 놓인 대파들은
제 이파리 깨물며 건기를 견디고 있었다 한다

들리는 말에 의하면
그의 몸은 죽은 뒤에 이상하게 푸르렀다 한다

나의 도로시에게

그대, 무릎과 손등, 발목, 뼈들 두루 안녕하신가
안녕하신가, 나는 그대라네 어떤가
그대에게 도로시처럼 날아온 내가 어리둥절하지 않은가
나는 한 채 오두막 같은 2003년을 살았다네
맞는가? 그렇다면 이 서두는 꽤 성공적이라 하겠네
참, 그녀처럼 오래 머물 생각은 없다네
나는, 오즈를 믿지 않으니까

어떤가, 그대의 인대는 아직 건강한가
딱딱한 생의 바닥 여전히 잘 견디고 사는가
땅땅 굴리면 뼛속까지 파고드는 생의 반동들
너무 달아서 읽을 수 없었던 사랑은 또 어떤가
흡수, 하다 하다가 그 마음 수만 번 넘게 범람했을
얼굴, 수난처럼 닥친 얼굴 어떤가 지금
오즈의 얼굴인가, 맞는가?
그렇다면 몇 개의 얼굴로 성을 지키는가

너무 까마득한가, 내가?
찢어진 장화나 녹슨 숟가락을 연상하면 되네
그것이 자네의 삼십대를 이해하는 키워드일세
그러나 안쓰러워 말게, 규칙을 가볍게 어기며 나는
자유로웠으니, 자유롭게 지냈으니 염려 말게
레인지에서 갓 꺼낸 토스트처럼 바삭바삭한 가을이
곧, 올 것 같네, 나와 그대의 해협을 지나갈 태풍도 북상

중이지

쉬운 문장처럼 지나갈 수 있다면
나의 생은 오히려 불길할 것 같다네, 어떤가.

그대가 말한 진실들은 잘 있는가, 그대가 쳐놓은
환상(또는 함정) 속에 몇 명이나 들어 있는가
희망과 절망 중 어느 것이 빨리 늙어버리던가
그대의 시는 아직 유효한가, 깨어 있는가
어떤가, 사기를 놓거나 도둑이 되거나
스스로 상한 적은 없는가, 아름다운가? 2033년은
행복한가? 사람들은 카드나 패스워드로 읽히며
마구 긁히며 산다네, 이천 년이 넘도록 한 것이라고는
고작해야 얼굴을 바꾸며 살아가는 것

지금, 자네 무얼 읽으며 사는가
오늘 나는 폭풍 전야에 골목을 지나며 담을 읽었다네
폐기물관리법 63조와 환경위생구역 안내문
검은 스프레이로 갈겨진 SEX와 쪼다 같은 질문들
도무지 팔 수 없는 것들은 담벼락에서 거래되곤 한다네
탈 없을 만큼만 질문하는 것 이것이 삶의 제1법칙이지
어떤가, 담벼락에 갈긴 내 질문들은
좀 팔렸는가? 내 요구는 하나같이 집으로 가는 길
하지만 나에게 오즈를 소개하지 말게

나는,
오즈를 믿지 않으니까

시멘트 가라사대,

태초에 시멘트가 계시느니라. 시멘트가 너희와 함께 계셨으니, 너희 가정이 곧 시멘트로 충만하리라. 너희는 달려들어 나를 비비느니 내 몸은 뚝, 뚝 떨어져서 지상에 임하느니라. 나를 믿는 자에게 나는, 자본의 구상이며 비용이니라. 다시 너희에게 이르되, 나는 금값도 되고 똥값도 되느니라. 이는 너희가 이룬 땅이 증거함이니라. 나는 감옥이자, 간수이자, 내 감옥의 죄수이니라. 나는 나를 격리하고 나를 뛰어넘어 나를 올려다보느니라. 때로 나는 끌려가 형틀에 묶이고 손목에 발목에 못 박힌 시멘트의 아들이니라. 나는, 오, 저들은 저희가 무엇을 하는지 모릅니다, 오 저들의 죄를, 용서하소서, 너, 너희는, 흙손으로 내 입을 쓱쓱 문대어버리느니라.

개구멍

—오늘 방패에 찍히는 농부를 보았다 나는 약속이 있었다

살다보니 생기더라
기어드니 거기 아는 얼굴도 있더라
처음에는 낯짝 뜨겁더라
꼬리 치기 멋쩍더라

겨 묻은 개 똥 묻은 개
살겠다고 한번 살아보겠다고
기어든 개끼리 따뜻하더라
뒷구멍이 안방 같더라

불쾌한 온정이라 할까
이 구멍, 비굴이라 할까
소주잔을 채우며 서로
말이 없더라

하고 싶은 말,
한 번 참고
두 번 삼키니 비리지 않아
그 허망한 식량, 더는 역하지 않은
개들의 겨울,

침묵은 익숙한 개구멍이더라

노가리를 까다

마지막 수업을 마치고 맥주를 마신다
오늘은 모두 거나하게 취해보는 거다
쟁반에 담겨 나온 뜨겁고, 노릇한 노가리를 깐다
노가리 까는 법이 따로 있는 건 아니지만
뼈를 고스란히 드러내는 법을 익히면 편할 것이다
대학을 나가면 노가리 깔 일이 많을 것이다
그때는 간이고 쓸개고 모두 내놓고
네 뼈대 깨끗하게 발라내야 할 것이다
노가리는 잘 까야 본전이니 잘, 까고
잊지 말아야 할 것은 손을 비비는 것이다
네 탄 껍데기는 웃으면서 비비고
달리 비빌 일 있으면 뒤에서 비비면 된다
이것만 지켜도 잔뼈가 굵어지면서
물살을 탈 수 있을 게다, 그러나 말이다
단물 나는 살을 바치고 난 뒤,
쟁반 위에 갈가리 찢긴 것이 무엇인지
오늘 노가리에 숨은 가시는

나는 자웅동체다

누구와도 통정했어요, 거리에서 아이를 가졌어요
나는 나와 통정했어요, 미끄러운 나의 고백을 받은 나는
숨막히게 아름다운 피부로 나를 조였지요

아이의 문양은 매혹적이었어요, 봄이 되면 아이들은 모여 아름다운 뱀이 되었어요, 봄도 뱀이 되었지요

아이들이 가로수에서 내려와 기어다녀요
꽃, 나비도 기어다녀요, 봄도 기어다녀요
저녁마다 뱀떼로 흘러나가는 거리와
멸종을 모르는 자웅동체를 가진 아이들

—소리 없이 담을 넘고 도시를 질러 다니기 좋아한다
—벽 틈으로 눈 넣기 좋아하고 규칙은 쉽게 깨진다
—그들은 모여 또다른 뱀을 낳을 것이고
—구불구불 버스에 올라 그 안의 뱀과 똬리 틀고 다시, 한 마리가 되는

나와 허리 틀던 나는 허물을 벗어놓고 가버렸어요, 자웅동체를 가진 아름다운 이 부족은 누구와도……

눈과 희망, 잡으면 녹다

낮은 곳만 찾아 배어드는 겨울바람
짐이 뜸한 날 더욱 기승 부리는 건 추위들이다
그는 짐이 뜸할 때마다 짜놓은 침묵 속으로 들어간다
관절에 붙어 달아오르는 붉은 신호 따라
대설경보 내린 하늘 이리저리 펄럭인다
짐꾼 대기소에서 졸다 일어나 스토브를 올리고
밖을 둘러본다, 걷어내면 쌓이고 잡으면 녹는
저 눈과 희망은 닮았다
식인의 꽃이 공중에 피었다 지고
숱한 생들 받아먹는 무참한 입이 보인다
야시장에서 띄운 샹송과 대설이 엇나가는 상공에
흰 눈 두드리며 남하하는 겨울
거대하고 흰 날개를 퍼덕이는 겨울
척추만 남은 지게 위에
뼈대만 남은 희망 위에
수렁에서 전신을 비트는 저 괴로운 트럭의 울음 위에
금속처럼 날아가 박히는 겨울바람

허물이 아니다

말들이 고깃집으로 간다
오늘 칼 맞고 죽은 말들을 삼키기 위해서다
불판 위에 말들을 올린다
취한 말들이 꼬리를 물고 돌기 시작한다
누군가 밑도 끝도 없는 말을 해도
말 뒤에 올라타 히덕거리고 내려와도
허물이 아니다
윗입술 들썩이다 술을 털어넣는다
말들이 불붙기 시작한다
절단난 것들이 타면 일종의 봉화가 된다
저 연기는 저항이다, 공모다
그들은 말 피를 얼굴에 바르고 결의한다
그러나 술이 깨면 다시 잔당이다
허물이 아니다
이미 어떤 말은 선 채로 잠들고
골목과 어깨 걸고 돌아서는
저 말은 뒷모습이 길다, 너무 길다

선수

신도림에서 신도림으로 가는 지하철 2호선
물건을 팔고 다음 골목으로 진루하는, 그는 선수다
눈빛을 교환하는 천분의 일 초 안에
보내야 할지 두드려야 할지 대번에 아는 선구안 좋은 선수다
생은 다양한 구질로 그를 죽여왔으나 이제
잔뜩 헛방망이만 돌리던 연습생이 아니다
웬만한 유인구로는 그의 출루를 막지 못한다
문을 열고 다음 타석으로 들어서는 타이밍이 좋다
저 치고 빠지는 수법은 낡았으나 목소리만큼은
깎고 줄이고 다듬어 괜찮은 방망이 하나 얻었다
처음에는 방망이 쥐는 것이 어색했다
틀려먹은 목소리 고쳐가며 피맺힌 연습을 했다
물건보다 먼저 얼굴을 팔아야 함을 알기에
태어나 처음 얼굴 쳐드는 연습도 했다
알맞게 미소도 깎아 넣고 몸 낮추는 것으로 자세도 고쳤다
신도림에서 신도림으로 가는 지하철 2호선
1회부터 9회까지 혼자 뛰는, 이제 그는
방망이에 천 분의 일 초 머무는 생을 미워하지 않는다

침략

대열은 쉽게 무너졌다
집들의 층계는 사라지고
출구는 뒤집혀 보이지 않았다
어둠은 죽창 들고 다니며
사람들을 한곳으로 몰아붙였다
옷고름도 여미지 못한 채
쫓기고 쫓기었다

함정은 불규칙했고
눈을 아무리 크게 떠도
어둠은 전체가 보이지 않았다
어둠은 약점을 찾을 수 없는 적
거리를 활보하는 것은
온통 구멍과 모서리들뿐

때로는 감당할 수 없는 세월
둥글게 몸 마는 세월이 있었다
그들은 희망에 소금을 치고
용기를 묻었다, 그곳에서
옷고름을 만지고
풀어진 핏줄을 단단히 매었다

묻힐 수는 있지만
죽을 수는 없는 삶이 있었다

경고 2

농산물 경매장은 수박 더미로 가득하다
초짜배기 그놈 바닥 모퉁이에 수박 하나 빼들자
터진 구멍은 순식간에 문이 되었다
문짝 밟고 넘어오는 그 미끄러운 얼굴들을
새파랗게 질린 손발로 막다가 조합 바닥에서
허둥지둥 웃다가 경매인한테 깨졌다
터진 수박 물처럼 깔린 아침노을 밑으로
깨진 트럭 몰고 집으로 돌아간다
여자가 부른 배 안고 누워 있는 깊은 바닥
너무 행복해, 여자는 잘린 수박 조각처럼 웃는다
그 피 묻은 기쁨을 둥근 배를 문지르며 그놈
행복은 이렇게 미끄러운 것이라 말하지 않는다
모든 무너지는 곳에는 입구가 있다

이 골목은 중력이 크다

가파른 골목은 무겁다
걸음을 멈추어야 등에서 내려서는
이 골목은 중력이 크다
사내를 이 밑바닥으로 끌어당기는 힘
산동네 이 골목에는
주로 빨다 버린 사탕 같은 달이 뜬다
그런 달과 골목이 만든 그늘 위에
제라늄이 있다, 싸구려 머리핀 같은
꽃을 키우는 아랫방 여자
보름에 한 번씩 모습을 감추었다 돌아오면
어김없이 물소리가 들렸다
그 계집 입에서 달 꺼내는 소리
귀는 고깃덩이처럼 어두운 골목에 떨어져
계집이 달 씻는 소리를 들었다
겨우 뼈만 남은 달을 쥐고 웃는 여자
살이 오르면 누군가 또 베어가기 때문이다
그날은 분명, 그믐밤이었다

붉은 낙타

외삼촌은 젊어서 죽었다 그는 머리를 앓았다 쌀 한 홉에 초를 세우고 알 수 없는 언어를 중얼거렸다 붉은 단봉낙타 따라 사막을 건너는 중이었는지 지독히 맞은 뒤에도 촛불을 꺼뜨리지 않았다 이미 이 나라 사람의 눈빛이 아니었다

그 방에 풍기던 파라핀 냄새, 부엌에서 과일을 들고 외할머니가 불렀지만 그 집에 들어가기가 싫었다 비 내리는 추석…… 나는 우산을 돌리며 골목에서 놀았다 낮은 담이 쇠꼬챙이 들고 보잘것없는 판잣집을 지키고 있었다 쇠꼬챙이에 로켓을 꽂았지만 화약은 불량이었다 나는 나를 어디론가 보내는 것이 두려웠다 금세 단맛이 빠지는 눅눅한 강정을 물고 우산 돌리며 식구들을 기다렸다 그 얼마 뒤 촛불이 넘어졌다 외삼촌은 젊어서 돌아가고 나는 살아서, 이방인이 되었다

좁은 방에는 어둠이 넓네

날조된 계약에 서명하던 날부터 그녀의 봉지에는 밑이 없었네 신분증 도장 하나 내 것이 아니었던 수작의 방 주정뱅이와 탕아들 머리 까딱이며 수탉처럼 들락거렸네 사내들은 밤낮으로 딱딱한 증거를 들이밀고 밤꽃 냄새 나는 소문은 고향으로 퍼졌겠네 하루에도 서너 번 몸을 환전한 그녀 빨간 발가락을 보았네 노란 좁쌀처럼 살았네

개 짖는 밤, 형체 없는 자에게 이름을 묻는 것은 개뿐만이 아니었네 인사가 끝나면 그녀를 뒤집어놓고 놀았네 그랬네 거북처럼 뒤집혀 허연 달만 올려다보던 그녀 얼굴을 가리자 그녀는 한결 가벼워 보이네 이곳에서의 죽음은 괜히 쓸쓸하여라 이제 침대 위에 뜨거운 것은 장판뿐 좁은 방에는 어둠이 넓네 어둠이 깊네 그녀 낡은 모포 걸치고 차갑고 긴 어둠 속을 걸어가네

귀뚜라미들

그는 귀뚜라미다
매일 땅속에서 잠든다
땅속에서 일어나
하루 일을 보고 땅속으로 들어간다
계단을 폴짝, 또 폴짝 내려가
매일 땅속에서 운다
이 거리를 몇 번 비가 밟고 지나갔다
우산을 털다 말고 주저앉는다
계단은 언제나
그를 제자리로 돌려놓았으니
어쩌면, 추락을 벗어나는 길은
없을지 모른다
죄다 거짓말로 이루어진 계단,
그는 정말이지 끔찍한 출발을 했다
그가 갖고 있는 날개조차도
날개가 아니라 울음이었다

이상한 재질로 만든 한 장의 은유

셀로판지, 그 속에 한 장의 바람이 불고, 한 장의 거리가 있고, 한 장의 전신주가 서 있다 그리고 한 장의 공장이 있다 셀로판지로 된 하천이 지나가고 둑길에는 따로 깔깔한 한 장 물소리가 흐른다 공장을 넘던 바람이 갑자기 공작처럼 날개를 편다 햇빛의 화려한 복장이 보인다 다시 지상으로 눈길을 돌린다 셀로판지 속으로 출근하는 사람들, 한 장의 여고생이 집에서 나온다 아름다운데 다리가 흐리다, 무지개처럼

저녁이 될 때까지 사내는 공장에서 눈을 떼지 않는다 공장은 나쁜 손버릇을 가지고 있다 중얼거리는 사내의 말은 말이 되지 못하고 입속에서 빵 봉지처럼 펴졌다 우그러진다 알 수 없는 용액을 하천에 타는 것을 보았다 그러나, 한 장의 개소리일 뿐이다 접수를 받던 구청 직원은 한 장의 의자에 앉아 느리고 긴 한 장의 팔을 접으며 한 장의 커피를 마셨다 그는 바닥에 힘을 주며 돌아섰다 비틀어지는, 바닥의 주름 따라 실내가 구겨지고 벽에 걸린 한 장의 시계가 불룩해졌다 그러나, 부피는 없다

셀로판지를 구기면 몇 날이 가도 손에서 소리가 났다 입 없이 태어났으나 움켜쥐면 입을 여는 것이었다 으스러지는 입으로 제 몸을 먹고 소리까지 모조리 구겨먹은 다음 손을 긁고 들어가 거기서 들릴 듯 말 듯한 소리로 우는 것이었다 밤새워 아작아작 돌아가는 세상, 손바닥

에 들러붙어 떨어지지 않는, 손에서만 한 대야씩 나오는 세상의 성분은 거의가 환각이었다 씻어도, 씻어도 바닥에 흐르는 허름한 미래, 402호 창가에 탈진한 빨래처럼 사내 구겨진 채 널려 있다

두리번거리다

이를테면, 눈치를 챘다
미끼에 걸린 눈치 없는 눈치가 내 눈치를 본다
이를테면, 캐묻는다 너는 미끄러운 눈을 가졌구나
눈깔 좌우로 굴리고 정면을 외면했구나
눈치본다는 것은 네가 네게 숙이고 산다는 것
네 안의 수많은 눈치들 네 잘못을 먹고 자란다는 것
너는 몸 살살 뒤채며 살았구나
주먹 쥔 손 안에서, 뭉클거리던 말들
밑, 밑으로 미끄러져내리는 부끄러움,
떨리는 손 뒤에 숨은 마음이여,
비린내 나는 행복이여,
안쪽으로 물러나는 서늘한 뒷걸음질이여,
뱃속으로, 한 점 한 점 떨어지는
그 눈물 젖은 빵을 받아먹는 추운 물고기들이여
어느 사내의 뒷모퉁이에서 건진 길들여진 어족이여,
한데 모였다가 귀신처럼 흩어지는 눈알들이여,
이를테면, 두리번거리는 맹독의 방문객이여

왜 슬픔은 윤회하는가

이 벽 길 깊이 들어가면 그가 살지. 작은 창에 돋보기를 낀 전당포 주인 같은 그가 있지. 그 앞에 설 때마다 나는 잃어버린 시계를 생각했어(잃었든 맡겼든 중요한 건 그게 아니었어). 그의 창고는 무언가를 끊임없이 점지하고 사람들은 그가 건넨 것을 숙명처럼 받아갔어. 그에게는 두 가지 철칙이 있지. 인연이 없는 것은 내어주지 않는 것과 죽은 것은 받아주지 않는 것. 사람들은 가끔 삼천 배, 만 배로 죽은 꿈을 바꾸려고도 했지. 가상하지만 인연이 없는 것은 내주지 않았어. 온데간데없는 내 사랑도 그의 짓인지 몰라. 헌 슬픔 다오, 새 슬픔 줄 테니, 그가 말했지. 벽 속 어둠을 깊이 눌러쓴 그 입술로, 네 죄는 죽은 꿈 가지고 다니는 것이라 했지. 죽어도 썩지 않는 꿈을 들고서 있던, 그 시간은 자정, 왜 슬픔은 윤회하는가.

3부

나비매듭

길 한편에 치워진 고양이
꽃을 보고 누워 있다
한 번도 꽃에서 눈을 떼지 않는다
꽃이 고개를 돌린다
쓰레기나 뒤지더니 쓰레기처럼 죽어가는
놈의 따뜻한 기억은 대부분 길에서 주운 것이다
길에서 피었다 사라지는 것들
꽃도 머지않아 이 길에 뼈를 묻을 것이다
북아현동에 첫 추위가 찾아왔다
검은 비닐 챙겨 골목길을 내려간다
신문지로 고양이를 싼다
우그러지며 수의가 우는 소리를 낸다
검은 비닐에 넣고 나비매듭을 한다
고양이와 꽃과 나는, 쓰레기차를 기다리고 있다

슬프지 않은 시

길에, 나비 하나 굴러다닌다
죽어서도 팔랑거린다,

돌아보니
잔잔히 손 흔드는 나비……

가끔 달로 날아가는 나비들이 있다
가끔 꽃에 부딪쳐 죽는 나비들이 있다

가끔 세상에 잘못 넘어오는 나비들
그런 나비들의 몸을 헤쳐보면
꽃가루보다 뼛가루가 더 많이 나온다

아버지도, 신기섭도 춤추다가 춤만 추다가 떠났다
춤추지 말지, 아름답지나 말지
그대들 살다 간 한철이
남은 자에게 평생이 된다는 것을 아는지

슬프지 않은 시를 쓰자, 마음먹고
나는 지하방에서 울었다

조문객

안개가 국도를 떠돌고 있다 생이 휘어지는 길에서 뛰어드는 안개

나가보면 구부러진 길이 한 구 누워 있을 뿐이다

너럭바위를 짚고 일어나 안개는 다시 저 죽은 자리를 떠돈다

한번 안개와 부딪친 차는 안개 안에서 걸핏하면 추락한다

그 긴 수평의 추락 끝에 장례식장이 있다

트럭에서 내린 조화들이 목발을 짚고 계단을 오르고

안개로 옷을 해 입은 유족들이 복도를 흘러다니는 곳

죽은 자 이름에 빨간불이 들면 저들은 연약 지반처럼 꺼져내릴 것이다

조문객 하나 식은 얼굴로 저 죽은 자리를 떠돌 것이다

꽃잎

피와 뼈가 바닥날 때까지 그리하여 가죽이 꽃잎처럼 얇아질 때까지 가루가 날 때까지 그리하여 네 몸속 타고 다니는 조상들 모두 물러날 때까지. 이 국토 절개된 곳마다 풀벌레 멧비둘기 노루 라일락 모두 일어나 건넌다 낭창낭창 토막난 생들이 기운 몸을 이끌고 달린다 밤, 밤마다 달린다 야음을 틈타 풀이 달린다 메뚜기가 달린다 겨드랑이 씨앗 하나 끼우고 함께 뛰어나간다 그리하여 저 청설모의 사인(死因)은 구실잣밤나무 탓인가

이동로 끊긴 것들의 몸을 살피면 물려받은 길이 생생하다 계절이 솟구쳤다 봉지처럼 터 · 진 · 다 · 모 · 두 꽃잎처럼 얇다 몸으로 길을 묻는 것이다 피와 뼈가 바닥날 때까지

후박나무

오래전 당신은 손가락 하나였다 손끝에 올릴 수 있는 한 알 씨앗이었다 수천수만 잎의 어미였으며 스스로의 딸이었다

오래전 당신은 음지의 나를 맡고 들어와 유해에 싹을 내고 줄기마다 나를 틔웠다 아득한 행렬 이루며 당신의 몸으로 오르던 봄날 나는 바람에 푸른 명패 흔들며 그 생을 살았다

당신은 나의 어미 나는 당신의 어미 그리하여 후박나무여 나는 당신이었다 그렇게 서로의 몸을 탑돌이 한 우리, 어느 생은 사공으로 어느 생은 편주(片舟)로 떠돌았을 그때 우리는 또 만났을 것이다

판자처럼 떨어지는 가슴 안고 북풍 휘도는 산마루 넘어 도달한 겨울 강 그대는 홀로 내 생의 도강(渡江)을 지켰을 것이다 아 어느 생을 지게로 어느 생을 목관(木棺)으로 만나, 서로 지고 이 산하 넘어왔는가

오래전 우리는 손가락 하나였다 손끝에 뛰는 한 점 맥박이었다 수천수만 장 가슴 진 산천에 긴 비를 쟁기처럼 끌며 봄이 지나면 바람에 펴지는 씨앗 한 알이었다

명당

물과 흙으로 엮어올린 수백 년 서까래
그늘 대청에 한 노인 목침도 없이 잠들었다
낮에는 정자가 되고 사찰이 되고
유월이면 더없는 명당이 되는 나무
그늘이 자리를 내면 노인들 그 아래로 들어가
섭생보다 좋은 묏자리 하나 얻는다
생의 일정 마친 이들 마음 먼저 누이는 곳
땅에 들기 전에 먼저 몸 한번 쓱쓱 섞어보는 곳
한 사람 누울 자리에 수백 년 이어온 나무
긴 세월에 몇 번 사람 비워보니
인간사야 풍월처럼 읊었다 놓았다 하는 나무
이곳 사람들은 산 사람의 명당이라 하였다

뜨겁게 산다는 것

물어는 발정난 고양이
나흘을 맞아도 소용없다
원망 없이 고스란히 맞기만 한다
물어는 하고 싶어서
죽어도 한번 해야 살겠다고
한숨도 자지 않고 울어댄다
배를 바닥에 대고 설설 긴다
재주라도 넘으며 잊으라고
앞발 잡고 허공에 돌리면
안겼던 자세대로 바닥에 떨어진다
죽도록 맵다가도 저다지 간절하게
나는 무엇을 소망한 적 있는가
산다는 것과 정을 통하고 싶은 적 있었는가
사는 일이 징글징글하게 뜨거울 때
한숨도 자지 않고 울어댄 적 있는가

원숭이

수저 들면 입에서 그놈 혀가 먼저 나와요
그릇을 엎고 긴 팔로 식탁을 두드려요
머리를 빗으면 그놈 털만 빗겨져요
바지를 입어도 내 뒤는 노출된 것 같아요
사지에 삐죽삐죽 자라는 어찌 못할, 그놈 뼈들
내 뼈를 창살처럼 잡고 흔드는 검은 손
거울을 보니 흰자위가 거의 없네요
누가 누구를 빙자하는지 알 수 없어요
펜을 들면 손목에서 그놈 손이 나와요
쓰네요, 낄낄, 입술 뒤집으며
언제부터 그놈과 뒤엉켰는지 말할 수 있는 건
아직은 직립이란 것뿐이에요
킥—, 철쭉도 입술 뒤집고 붉게, 웃네요

고양이 잡기

고양이를 부를 때는 살기를 빼야 한다
살기? 내가 죽이려 했단 말이야?
아니, 잡으려는 생각 말이야
옳지, 나는 생각의 근시를 벗는다
내 음성이 휘둘렀을 채찍과 부름이 지녔을 목줄
재촉하는 손, 낚아채려는 손을 손에서 뺀다
몇 겹이나 덧낀 장갑 같은 생각
내 손에 수갑처럼 달린 생각을 버린다
네가 다니는 목마다 놓은 올무와 포획
누대에 거쳐 매복한 이 수렵의 기운
나는 너에게 적지였으니, 손에 남은 포위를 걷어낸다
손에서 집착을 떼어낸다
생각은 집요하다, 독하게 파고드는 거머리들
불을 들어 생각을 쓸어내린다
떨어져 바닥에 우글거리는 무례한 살기들
이제 물체처럼 손을 내린다
몸이 빠져나간다 손끝으로 사람이 빠져나간다
나는 장소가 된다, 물 한 모금이 된다

고대를 향해 가다

고서 같은 그리움을 뒤적입니다
찢겨나간 표지를 천천히 넘깁니다
세로로 씌어진 문자들 거꾸로 읽어들어갑니다
문자의 배관을 타고 밑으로 내려갑니다
어제를 지나 그제를 지나 삼월과 겨울을 지나
그 가을로 들어서니 떠나는 그대가 보입니다
청동 같은 상처를 들고 돌아서는 내가 보입니다
책장을 넘기니 가난과 그 시절 가요가 넘어옵니다
크게 접힌 곳에 잠시 머뭅니다
읽지 않고 다만 문지릅니다
접힌 기억이 가슴에 붙습니다
수백 장의 시간 단번에 넘기어 길을 재촉합니다
샐비어 꽃물 빨고 선 아이는 나를 만난 적 없습니다
길고 오랫동안 떨어지던 단 한 방울 꽃물
그것이 문자의 액체였습니다 달고, 서늘한
돌아가는 길에 바람이 주저입니다 플라타너스 교정 지나
고대 하늘이 손 닿을 듯한 언덕에 서면
가슴 갈피마다 스미는 바람
내 가슴을 종이로 만든 당신은 누구입니까

평범한 슬픔

인부들이 창을 떼고 있습니다
정이 단단히 붙었는지
집도 창도 서로 붙들고 놓질 않습니다
빈집에 남은 물건들 화단에 떨어집니다
접시꽃이 시끄럽게 깨어집니다
골목으로 들어서던 바람
엎어진 괘종시계에 멈춥니다
시간의 뒤는 막혀 있습니다
며칠 뒤, 집은 부서진 몸으로
트럭에 오를 것입니다
포대에 담겨 떠날 것입니다
합판으로 집의 입구를 막고 있습니다
그 몸에 누런 천을 돌립니다
집의 눈을 가리고 있습니다
집의 마지막 순간을 보는 사람들 틈에
슬픔이 평범하게 서 있습니다

길에 지다

1

이 길을 방류하는 것은 언덕의 집들이다

섬마을 언덕에서 흘러내린 길은 모두 포구에서 만나 바다로 흘러든다 언젠가 아이들은 이 길을 따라 바다로 나가게 되고 누구나 한 번은 오가게 되는 이 언덕길은 이곳 사람들의 모천인 셈이다 그러니 섬의 입장에서 보면 이 섬을 나가는 것은 모두 연어일 뿐이다

2

때가 되면 집들은 스스로 수문을 연다

이 길의 냄새를 익힌 치어들의 지느러미에 힘이 붙고 그 흰 몸 달아오르는 달밤, 아이들은 하나둘 포구로 내려와 바다에 슬며시 몸을 눕힌다 그렇게 달동네 같은 섬을 떠나는 것이다 그러나 섬이 펼치는 진(陣)은 진기하다 길을 나선 이들 대부분은 제자리로 돌아오게 된다 이 길이 가진 권능을 누구도 부정할 수 없다 때가 되면 몸속에 부풀어오르는 집터의 냄새 때문이다 그리움의 발진이 옆줄부터 붉게 감돌면 귀향이 시작된다 여러 번의 겨울이 어망처럼 훑고 지나간 그때, 이미 반수 이상이 떨어져나갔다 곳곳에 펼쳐진 삶의 진들을 지나 다시, 섬으로 돌아오는 저들 또한 세상이 거두어간 일행이 누구인지 알 수 없다

3

길이 부를 때는 떠나야 한다

거역으로 완성되는 삶은 없다, 섬이 부를 때는 돌아가야 한다 돌아가 가슴으로 문지르며 그 섬 길을 올라야 한다 가파른 입을 가진 상류에 이르면 신비로운 물의 악기를 만나게 된다 그 관문을 통과하는 길은 하나, 길이 가진 낙수의 악보를 제대로 읽어낼 수 있어야 한다 집터에 들어설 수 있는 것이다 오르면 오르는 대로 떨어져나가도 산 채로 완성되는 생은 없으므로

4

한차례 긴 물의 연주는 끝나고

나무토막처럼 흘러가는 몸들, 꽃잎처럼 흘러가는 영혼들, 길에 드는 것은 길에 진다는 것이다 굽이진 물의 봉우리 다 넘어온 저들, 물과 땅의 경계를 흔들어 그 환한 알들, 섬 자궁에 포개어 넣는다 천천히 뒤집히며 길 위로 떠오르는 것이다

배롱도

이 공중에서 저 공중으로
원반처럼 날아가는 새소리

배롱나무 연못에 댓잎처럼 지는 삼월
우리는 목탄 같은 손가락으로 시를 쓰네

나무 비녀 곱게 지른 연못, 그 옷고름 푸는
바람이 물뱀처럼 지나가는 연못

너는 무슨 죄로 병처럼 까만 손가락을 얻었나
견디지 못한 손가락 하나 못에 지네

누가 가슴 하나 벼루처럼 놓치고
배롱꽃 같은 붉은 숨을 토했나

그때, 우리의 얼굴
첨벙첨벙 짚으며 달아나던 놀란 배롱나무

물 위에 떠다니는 헝겊 같은 공중들
다시, 은전처럼 쏟아지는 하늘

오랫동안

아직
편지는 도착하지 않고 있다

철문을 열면
복도에 서 있는 어둠
빈손으로
집 앞에 서 있다

나는, 없는 집인가
나를 찾지 못하는 편지들

며칠째 역풍에 시달리는지
멀리 산마루로 밀려나는
얼굴 하나

누구도 내려오지 않는
내 안

편지를 받으려면
그러나, 살아 있어야 한다

꽃놀이패에 걸리다

빛이 고맙게 걸려 있는 반지하 창가

나는 반상에 빠져 있네 허를 놓아 실을 깨고
경쾌하게 뛰어나가 한판 겨루는 대마전(大馬戰)도 흥미롭네

장고를 거듭한 일격은 진작부터 읽혀버려
혼자 두는 바둑에도 승패는 있기 마련이네
묘수가 악수를 낳는 생각의 행마는
어처구니없이 달아나다 막다른 길에 서기도 하네
죽은 돌을 꺼내자니 벽도 함께 계가(計家)에 빠져 있어

오늘은 한 수 청하니 벽이 바싹 다가앉네

포석 지나 중반에 드니 반상엔 먼지가 이네
불 지피고 눈 목(目) 자로 뛰어나가는 저편 행마는 가볍고
대마 쫓다 돌아보니 길 끊긴 돌들이 허당에 빠져 있네

도마뱀 꼬리처럼 끊고 달아난 자리마다 저려오는 침묵을 놓고
그제야 고개 들어 크게 한번 살펴보니
서로 꿰어지지 않는 일로 배회하던 날이 보이네
길을 열지 못하고 마음 중앙에 무겁게 몰려 있던 얼굴과

중심을 잃은 팽이처럼 여러 개로 흩어지던 청춘과
반상 귀퉁이에 귀살이한 고단한 집이 보이네

가리지 못하고 뱉은 말 함부로 저질러 혹이 된 일
잘못 놓은 돌이 담처럼 결려오듯, 이 한판에 죄 들었네
어렵게 구한 내 삶의 약도

돌을 놓고 밖으로 나오니
몸 뒤에 세상 내려놓고 높게 돌아앉은 벽

빛, 한줄기 고맙게 다녀갔네

즐거운 제사

향이 반쯤 꺾이면 즐거운 제사가 시작된다
기리던 마음 모처럼 북쪽을 향해 서고
열린 시간 위에 우리 일가(一家)는 선다

음력 구월 모일, 어느 땅 밑을 드나들던 바람
조금 열어둔 문으로 아버지 들어서신다
산 것과 죽은 것이 뒤섞이면 이리 고운 향이 날까
그 향에 술잔을 돌리며 나는 또
맑은 것만큼 시린 것이 있겠는가 생각한다

어머니, 메 곁에 저분 매만지다 밀린 듯 일어나
탕을 갈아 오신다 촛불이 흰다 툭, 툭 튀기 시작한다
나는 아이들을 불러모은다 삼색나물처럼 붙어다니는
아이들 말석에 세운다 유리창에 코 박고 들어가자
있다 가자 들리는 선친의 순한 이웃들

한쪽 무릎 세우고 편히 앉아 계시나 멀리 산도 편하다
향이 반쯤 꺾이면 우리 즐거운 제사가 시작된다
엎드려 눈감으면 몸에 꼭 맞는 이 낮고 포근한
곁!

혓바닥과 열 개의 열쇠

이마 속은 검은 잉크로 가득하다 뇌는 잘 절여진 조림, 누가 말했다. 요즘 시? 감각은 있지만 감동은 없지요 나는 밤마다 대갈통을 열고 뇌를 쪽쪽 찢어 그대들의 입속에 넣는다 남자가 붉은 열쇠로 여자를 열듯, 천천히 그대들을 열고 있다

자르자 잘라버리자 이 시에서 내 목을 내놓자
누가 내 목 없는 화병에 꽃 하나 꽂을 것인가
그때 어느 하늘이 구름 하나 국화로 던질 것인가

손가락은 자판 위에 피어난 열 개의 혓바닥, 미래를 여는 열 개의 열쇠 손목에 철렁거리는 이 열쇠들이 나는 무겁다

바람의 가족사

바람이 아침밥이고 바람이 화장실이다
하나 이곳에서의 바람은 대부분 강술이다

몇 달 동안 바람만 마시다 허파고 위장이고 다 버리고
바람의 효능을 알겠다는 주정뱅이는 실상
바닥에 꾸물거리는 벌레거나 이 시대가 쓴 악필이다
그렇게 바람과 가깝게 지내다보면 자꾸 등이 굽는다
바람이 뼛속까지 다 파먹고 나면 몸에 큰 구멍이 생긴다

역 광장에 보이는 사람들이 죄다 산 자들이라면
손바닥이나 담뱃갑을 길에 세우고 그 밑으로 들여다보라
그 틈으로 길에서 죽은 자의 발바닥이 나타날 것이다

그래도 저 부랑자들에게 바람이 약국이고 바람이 구급차다
강술에 뒤집어지고 각목에 고꾸라져도 누가 돌아보나
옷깃이라도 손등이라도 만져주는 바람이 가족이다
바람이 동료다 또 바람은 영화다 천장을 기고 건물을 타고 다니는 즐거운 스파이더맨이다
그러나 늘 그렇듯이 바람의 행동은 속이 비어 있다

사람들은 그런 바람의 영화관에 앉아 있을 여유가 없다
앞으로든 옆으로든 움직이지 않으면 가라앉는 길 때문

이다
　하여 바람의 가족사가 일반인에게 알려지는 일은 거의 없다

　입 찢어진 술병보다 위력 없는 저 최후의 아버지들에게
　누가, 바람이 가정이고 바람이 직장인 것을 알겠는가
　바람 없는 날에는 직장도 문을 닫는다
　저들은 수챗구멍처럼 줄지어 누워 어두운 가정을 이룬다

순두부에 박수를 보내다

순두부에 속을 데였다
마음놓고 넘기다 제대로 걸린 것인데
얼마나 야무지게 뜨거운지
겪지 않은 사람은 모를 일이다
맷돌에 갈리고 포장되고 삶기며
이 순두부는 몇 번을 죽었다
죽을 때마다 그 부글부글 끓던 속사정
오늘에야 절절히 배우고
순두부는 결코 순한 놈이 아니라고
어린 연인에게 떠들어대고
말랑해도 말랑하게 볼 수 없는,
목숨 아홉에 속을 알 수 없는,
불여우 같은 순두부를 뜨며
뭉개질 대로 뭉개진 몸으로도
뜨거운 맛 한번 보여준 순두부의 외유내강
그 꼬장꼬장한 힘에 경탄하며
속으로 뜨거운 박수를 보내는 것이다

너는 늙어서 죽었다

신문지가 구른다 목련이 내려다보고 있다
바람이 세다 목련이 손가락을 뻗어 신문을 줍는다
사마귀처럼 돋은 꽃눈들 사이로 눈 내린다
저렇게 뒹굴다 간 사람 하나 있다
그를 품고 길 아래 구른 버스는
아무렇게나 구겨 싼 신문지처럼 그를 말았다
그날 첫눈은 기막히게 부드러운 죄를 지었다
목련이 신문을 내려놓고 손으로 얼굴을 가린다
흉측한 꽃눈이 난 손가락 사이로 눈 내리고
음악이 사무실 여기저기 굴러다닌다
더러 멈추고 더러 유리창에 가 붙었다가 떨어지는
구겨진 음악을 주워 책상 위에 내려놓는다
오늘 유리창엔 도통 읽을거리가 없다
그래, 오늘은 단지 무료할 뿐이다
나는 믿지 않는다
오래오래 잘살다가 너는 늙어서 죽었다

문학동네포에지 038

너의 반은 꽃이다

1판 1쇄 발행 2007년 12월 7일
2판 1쇄 발행 2021년 12월 15일

지은이—박지웅
책임편집—유성원
편집—김민정 김필균 김동휘 송원경
표지 디자인—이기준 신선아
본문 디자인—유현아
마케팅—정민호 김도윤
홍보—김희숙 함유지 이소정 이미희
제작—강신은 김동욱 임현식
제작처—영신사

펴낸곳—(주)문학동네
펴낸이—염현숙
출판등록—1993년 10월 22일 제406-2003-000045호
주소—10881 경기도 파주시 회동길 210
전자우편—editor@munhak.com
대표전화—031-955-8888 / 팩스—031-955-8855
문의전화—031-955-3576(마케팅), 031-955-8865(편집)
문학동네카페—cafe.naver.com/mhdn
트위터—@munhakdongne
북클럽문학동네—bookclubmunhak.com

ISBN 978-89-546-8397-5 03810

www.munhak.com

문학동네